Directeur de collection : Lise Boëll
Direction artistique : Ipokamp
Adaptation : Valérie Videau
Éditorial : Céline Schmitt

Publication originale :

22, rue Huyghens, 75014 Paris
www.albin-michel.fr
ISBN 978-2-226-24463-5

Loi n°49-956 du 16 juillet 1949 sur les publications destinées à la jeunesse.

Achevé d'imprimer en France par Pollina - L62054B.
Dépôt légal : octobre 2012.

Barbie™

La Magie de Noël

Albin Michel

Le monde d'Eden

Eden Starling

L'égoïsme de la chanteuse Eden Starling n'a d'égal que son talent. Mais pourquoi est-elle devenue sans cœur ?

Catherine

La douce costumière est une amie d'enfance d'Eden Starling. Elle fait partie de sa troupe et supporte sans rien dire tous ses caprices.

Charleston

Avec autant de caractère que sa maîtresse Eden, ce chat dodu fait sans cesse la moue.

Starling

Tante Marie

Cette dame imposante et sévère a élevé sa nièce Eden avec beaucoup de contraintes et très peu d'amour.

Les Esprits de Noël

Passé, présent et futur, l'Esprit de Noël est incarné par ces trois fées bien déterminées à ouvrir les yeux d'Eden.

Personne, en Angleterre, ne raterait un spectacle d'**Eden Starling**. La jeune chanteuse est belle et talentueuse. Pourtant elle a un très vilain défaut : l'égoïsme. Et son amie Catherine en sait quelque chose ! Tous les jours de la semaine, cette jolie costumière ne fait que céder à ses caprices… Mais aujourd'hui, c'est le jour de Noël…

Les rues enneigées sont parées de guirlandes, les maisons sont décorées de beaux sapins, et tout le monde se prépare pour la douce et merveilleuse soirée. Tout le monde ? Pas vraiment, car justement, Eden refuse à Catherine et à sa troupe de prendre congé pour fêter Noël en famille !

– Il ne reste que deux semaines avant mon nouveau spectacle et nous devons encore le répéter ! annonce la diva d'une voix criarde. Et tant pis si c'est Noël !

– **Tu ne peux pas faire ça !** réplique son amie Catherine. On a tous une famille !

– À vous de choisir ! rétorque la chanteuse. Si vous rentrez chez vous, inutile de revenir ! Jamais ! C'est moi, la star, un point c'est tout ! Comme le disait ma tante Marie : « Dans un monde égoïste, seuls les égoïstes réussissent ! » Sans ses conseils, je ne serais pas aussi célèbre !

Catherine et ses amis n'ont hélas pas le choix : ils se remettent au travail, le cœur gros, et répètent le spectacle une bonne partie de la nuit…

La répétition finie, Eden rentre aussitôt se coucher avec Charleston, son dodu de chat. Mais elle est bientôt réveillée par le fantôme de sa tante Marie.

– Eden, ma nièce, lance l'imposante femme d'une voix ferme. Je t'ai mal élevée et tu es devenue une **vraie peste égoïste**. Aujourd'hui, j'ai la chance de pouvoir réparer tout ça. Je vais t'envoyer trois Esprits dans cette courte nuit. Écoute-les bien, car ils vont t'aider à changer de vie, avant que tu ne deviennes comme moi !

Eden ne croit pas un mot de cette histoire d'Esprits qui vont venir s'occuper d'elle ! La chanteuse est un peu trop sûre d'elle, car quelques minutes après le départ du fantôme de Tante Marie, **l'Esprit de Noël du Passé** apparaît. Et de sa baguette magique, l'étrange fée entraîne la jeune star dans un tunnel scintillant de mille et une petites lumières.

– Je te ramène vers ton passé pour que tu comprennes mieux ce qu'a été ton enfance ! dit la jeune fée.

Eden n'en revient pas ; le tunnel la conduit dans un salon où une fillette a **les larmes aux yeux**. Et, à côté d'elle, la tirant vers la sortie se tient une femme à l'air sévère qui lui ordonne de la suivre. Eden est bouleversée, car la petite fille n'est autre qu'elle-même, et la femme, sa tante Marie ! Et celle-ci force sa nièce à quitter son amie Catherine pour aller travailler ses gammes au piano, alors qu'elle était invitée dans la famille de Catherine pour fêter Noël.

La jeune chanteuse s'interroge un instant devant cette scène émouvante, mais elle reprend très vite sa nature, persuadée que cette histoire d'Esprit n'est qu'un cauchemar ! Eden se rendort donc… Pas pour longtemps, car voilà que **l'Esprit de Noël du Présent** apparaît.

– Réveille-toi ! fait une femme au visage rond. Je t'emmène dans le tunnel de ton présent pour que tu voies ce qu'il se passe !

La jeune chanteuse égoïste n'a pas le temps de rétorquer. Elle virevolte déjà dans un tourbillon de lumières vertes, puis atterrit dans la pièce où Catherine et sa troupe travaillent. Si Eden est rendue transparente grâce à la magie de l'Esprit, elle peut voir et entendre tout ce que la troupe dit d'elle. Et ce n'est pas très tendre ! La jeune star commence alors à comprendre qu'elle est peut-être devenue une personne odieuse à force de ne penser qu'à elle. **Et si l'égoïsme n'apportait que tristesse et solitude ?** Eden y repense brièvement, mais elle continue à se dire que tout ça n'est qu'un cauchemar ! Aussi, demande-t-elle à la fée de la laisser rentrer dormir.

Eden se recouche, blottie contre son fidèle Charleston, pensant passer la fin de la nuit tranquille. Mais l'**Esprit de Noël du Futur** en a décidé autrement ! La fée apparaît dans un tourbillon de lumières rouges, puis annonce d'une voix tonique :

– Viens, je vais te faire voir ce que va être ton futur si tu continues à être aussi égoïste !

Là encore, la jeune chanteuse n'a pas le temps de protester ! Elle flotte dans un tunnel glacé, puis débouche dans une modeste chambre sans meubles, ni chauffage. Et se voit, seule, triste et grelottant de froid. Et sans aucun ami…

– Je ne veux pas vivre cette vie ! s'écrie soudain Eden à l'Esprit de Noël du Futur. Je vous en supplie, donnez-moi une deuxième chance… **Je vais changer !**

Ses mots paraissent si sincères que la fée accepte de faire revenir Eden au matin de Noël, ce fameux matin où elle avait menacé de renvoyer son amie Catherine et sa troupe s'ils rentraient fêter Noël en famille…

Et ce matin-là, tandis qu'un timide soleil d'hiver perce les nuages, Eden semble la plus heureuse de rejoindre Catherine et sa troupe.

– **Je me suis trompée sur vous !** lance la jeune diva d'une voix chaleureuse. Vous avez tous beaucoup de talent et c'est un honneur de travailler avec vous ! Maintenant, filez tous chez vous, votre famille vous attend pour fêter Noël et rendez-vous dans deux semaines pour le spectacle !

Eden a changé, elle n'a plus besoin des Esprits du Passé, du Présent et du Futur pour savoir comment se comporter avec les autres ! La jeune chanteuse a compris la leçon. Vite, elle doit maintenant se préparer, car sa chère Catherine l'a invitée pour célébrer Noël avec ses parents.

Eden en est sûre, ce sera assurément le plus beau Noël de sa vie !